クリスマスのグリーンベル

山部 京子

文芸社

「あ、ハマさんのクリスマスキャロルだ……」

となりの家から聞こえてきたピアノの音に、タロウは、うれしそうに顔をあげました。

タロウは、樅《もみ》の木町のオシャレな雑貨《ざっか》屋さんの犬です。

5年前、雑種《ざっしゅ》の子犬だったタロウは、捨《す》てられて店先に迷《まよ》いこんだところを、ご隠居《いんきょ》のおじいさんに助けられ、それはそれはかわいがられていました。

ところが、この夏、おじいさんが急な病気で亡《な》くなってしまったのです。

「おじいさん…おじいさん…どこにいっちゃったの…？」

泣きながら捜《さが》し回ったタロウは、もうおじいさんに会えないとわかると、ショックと悲しみですっかり元気をなくしてしまいました。呼《よ》んでも、しっぽもふらないタロウは、もともと犬好きではなかった若《わか》夫《ふう》婦《ふ》にとって、かわいげのないいやっかい者でしかありません。

散歩やごはんは家政婦《かせいふ》さん任《まか》せになり、ブランド品が多く並《なら》ぶ店に、雑種《ざっしゅ》犬はイメージダウンになると、自由に出入りすることを禁《きん》止《し》されたタロウは、ほとんど部屋でひとりぼっちのさびしい毎日を過ごしていたのでした。

そんなタロウの、たった一つのなぐさめは、おじいさんとも仲良しだった、となりの家の作曲家、ハマさんのピアノの音楽だったのです。

おじいさんより少し若いハマさんは、息子《むすこ》さんが生まれてすぐに奥《おく》さんが亡《な》くなったそうで、男手一つで大切に育てたその息子《むすこ》さんも、もう結《けっ》婚《こん》して、仕事のため遠くで暮《く》らしています。

ピアノを自《じ》在《ざい》にひきこなし、ウキウキするような曲や、心が温まるステキな曲を作る、やさしい笑顔のハマさんが、おじいさんもタロウも大好きで、よく遊びに行っては、音楽を聞いたり、おしゃべりを楽しんでいました。

そして、なかなか会えなくなった今も、窓《まど》ごしに、ハマさんのピアノの音が聞こえてくると、楽しかった時間がよみがえり、おじいさんと別れた悲しみやさびしさが、ほんのりとやわらぐのでした。

12月なかばのある日。

毎日聞こえていたハマさんのピアノが、ぱったりとだえました。

「どうしたんだろう…？」

タロウは、窓《まど》枠《わく》に前足をかけてのびあがってみました。

おやっ？　いつもは開いているハマさんの家の2階の窓《まど》のカーテンが、ぜんぶ閉《し》まっています。

それから1週間がたちましたが、ハマさんの家は、しいんと静まったままです。

「へんだなあ?」

タロウは心配になって、部屋をウロウロしました。

そのうちクリスマスイブになり、プレゼントを買いにくる人たちでいそがしいお店には、近所の主婦《しゅふ》たちが手伝いに来ていました。

そして、廊下《ろうか》でヒソヒソ話しているのが、タロウの耳に飛びこんできたのです。

「ハマさんもお気の毒にねえ」

「息子《むすこ》さん一家が、先週事故《じこ》で亡《な》くなられて、お身内は、もうだれもいないんでしょう？　小さいお孫さんと、久しぶりにクリスマスに会えるのを、楽しみにしてらしたのに…」

「さっきお葬式《そうしき》から帰ってみえたけど、すっかりやつれて、声もかけられなかったわ」

タロウは、びっくりしました。

ハマさんに、そんな悲しいことが起きていたなんて……！

タロウの心に、おじいさんが亡《な》くなったときの、胸《むね》がつぶれるような悲しみが、よみがえりました。

大切な人を失った心の痛《いた》みが、どれほどのものか……その痛《いた》みを唯《ゆい》一《いっ》やわらげてくれるのが、ハマさんの音楽だったのです。

「ぼくは、ハマさんにあんなに助けられていたのに……」

いてもたってもいられない気持ちになったタロウは、ちょうどごはんを持ってきた家政《かせい》婦《ふ》さんが、ドアを開けたすきをねらって、ダッと部屋を飛び出しました。

「あっ、だめよ！　どこに行くの！」

家政《かせい》婦《ふ》さんが叫《さけ》びますが、タロウはたちまち表に走り出ると、垣根《かきね》を飛びこえて、ハマさんの家の庭に入りました。

「ハマさん…ハマさん！」

タロウは呼《よ》びましたが、答えはありません。
そのとき、ピアノが静かに鳴り出しました。
でも、いつものハマさんの音ではありませ
ん……。
苦しげで、今にも息絶《た》えそうにあえぐピア
ノは、タロウがはじめて聞く、ハマさんの悲
しみの音色《ねいろ》でした。
突然《とつぜん》、ピアノの音がとぎれました。
しばらくして、空には星がまたたきはじめ
ましたが、ハマさんのピアノは、それきりポ
ロンとも鳴りません。

「どうしたのかなあ…？」

タロウは気をもみながら、ハマさんの家の庭にある大きな切り株《かぶ》の前を、行ったり来たりしました。

この切り株《かぶ》は、おじいさんも大好きだった、背《せ》の高い樅《もみ》の木の名残《なごり》です。

樅《もみ》の木がたくさんあった樅《もみ》の木町が住宅地になったとき、小さい息子《むすこ》さんを連れてここに家を建てたハマさんが、「風がふくと子守歌のようなやさしい音色《ねいろ》が聞こえる…」と、気に入って残していた一本でしたが、去年、悪い虫にやられて、泣く泣く切りたおさなければならなかったのです。

　切り株《かぶ》になってからも、思い出とともに大切にしていたハマさんは、木から聞こえていたやさしい音《ね》色《いろ》を、いつか曲にしてみたいと、よくおじいさんに話していました。

「そうだ！　この切り株《かぶ》をふみきり台にしてジャンプしたら、部屋の中が見えるかも」

　そう思ったタロウが、助走をつけようと、

庭のはじまで行きかけたときです。後ろで、小さな声がしました。ふり向くと、切り株《かぶ》の上に、緑色のかげろうのようなものがとまっています。

「なんだ、虫の声か…」

タロウは思いましたが、

「わたしは虫じゃないわよ」

と、ふわっと飛びあがったのは、背《せ》中《なか》に緑

色の羽がある小さな女の子です。

「きみは…だれ？」

「この樅《もみ》の木に住んでいる妖精《ようせい》よ」

「この木に住んでいる…妖精《ようせい》？」

いぶかしがるタロウに、妖精《ようせい》は少し笑って
言いました。

「わたしたちは、この樅《もみ》の木の主《あるじ》のグリーンサンタさんにお仕《つか》えして、ずうっと昔から、ここに住んでいるの。だから、タロウさんやおじいさんのことも、よく知っているのよ」

「えっ、ぼくとおじいさんのことも…？」

「さっき、タロウさんが急に飛び出してきたから、グリーンサンタさんが心配して、見てきなさいって…わたしたちにお手伝いできることがあったら、言ってちょうだい」

半信半疑《はんしんはんぎ》のタロウでしたが、ハマさんのことが気がかりな今、だれの力でも借りたい気持ちです。

タロウが事情《じじょう》を話すと、妖精《ようせい》は、ちょっと考えてからうなずきました。

「そういうことなら、グリーンサンタさんに相談したほうがいいわね。タロウさん、わたしといっしょに来て！」

そう言って妖精《ようせい》は、切り株《かぶ》をかかとでトントンとたたきました。

すると、年輪《ねんりん》がぐるぐるうずのように回り出し、真ん中がゆっくりと開いてゆきます。

「うわぁ、目が回る～」

思わず目を閉《と》じたタロウの身体《からだ》は、次の瞬間《しゅんかん》、スーッと年輪《ねんりん》の中にすいこまれ、やわらかな草の上に、ストンとおりていました。

「タロウさん、ついたわよ」

妖精《ようせい》の声に、おそるおそる目を開けてみると、明るい広場がひらけ、樅《もみ》の木のさわやかな香りがただよう空間には、妖精《ようせい》と同じ緑色の羽を持った女の子たちが、大勢《おおぜい》飛びかっています。

「よく来たね、タロウ」

緑色の服のおじいさんが、ニコニコして近づいてきました。

「この木の主《あるじ》のグリーンサンタさんよ」

妖精《ようせい》に紹介《しょうかい》されたタロウは、首をかしげました。

「サンタさんって、クリスマスにプレゼントを配るおじいさんで、赤い服を着ているんじゃなかったっけ……？」

「そうだね。そっちのほうが有名だからね」

と、グリーンサンタさんは、笑って言いました。

「サンタには二つ仕事があってな。赤い服のサンタは、やさしさや思いやりの心の光からできたおもちゃやおかしを、子どもたちに配るが、緑の服のサンタは、悲しんでいる人や苦しんでいる人に、なぐさめと安らぎのグリーンベルの音を届《とど》けるんだよ」

「グリーンベルの……音……？」

グリーンサンタさんは、タロウを広場の奥《おく》に連れてゆきました。

「見てごらん、グリーンベルを作ってくれるクリスマスの木だよ」

そこには、背《せ》の高い樅《もみ》の木が、こい緑色にかがやいています。

タロウは、あれっ？　と思いました。

「この木……切り株《かぶ》になる前の樅《もみ》の木にそっくりだなあ」

「そうだよ。このクリスマスの木には、あの木の魂《たましい》がやどっているからね」

「えっ、樅《もみ》の木の魂《たましい》…？」

「ハマさんが、切り株《かぶ》になっても大事にしてくれたおかげで、このクリスマスの木も死なずにすんだんだよ」

タロウは、木がたおされたあとの切り株《かぶ》に、いつもいたわるように話しかけていたハマさんの姿《すがた》を、思いうかべました。

そして、かんじんなことを思い出しました。

「グリーンサンタさん、今、ハマさんが、とても悲しんでいて、ぼく、心配でたまらないんです。でも、ぼくには何もしてあげられなくて…どうしたらいいか、わからなくて…」

オロオロするタロウを、グリーンサンタさんは、わかったよと、やさしくなでました。

「グリーンベルは、そういう人のためのプレゼントなんだ。これから、クリスマスの木がベルを作るから、見ててごらん」

グリーンサンタさんが合図《あいず》をすると、妖精《ようせい》たちが、いっせいにクリスマスの木に集まってきました。

妖精《ようせい》たちは、ツリーのかざりつけのように、無数の七色の光の玉を、木の枝《えだ》に下げてゆきます。

「わあ、きれい！」

目を見張《は》ったタロウに、グリーンサンタさんが言いました。

「あれはみんな、世の中のやさしい気持ちや、思いやりの心の光なんだよ。でも、これだけでは、グリーンベルは作れないんだ」

グリーンサンタさんが、もう一度合図《あいず》をすると、いったん木をはなれた妖精《ようせい》たちがもどってきて、今度は、黒や灰《はい》色の鉛《なまり》のような玉をつけてゆきます。

「これは、悲しみや不安やさびしい心の玉だよ。生きているかぎり、だれの心にもぶら下がることがある重い玉だ……」

タロウはふと、おじいさんと別れた自分や、家族を失ったハマさんの心にも、こういう玉がぶら下がっているのかな…と思いました。

グリーンサンタさんが言います。

「これらの玉は、決してきれいではないが、なぐさめを必要としている人に届《とど》けるベルを作るには、欠かすことができないものなんだよ」

妖精《ようせい》たちが玉をつけ終えると、グリーンサ

ンタさんは、静かに木に話しかけました。

「クリスマスの木よ…悲しみを安らぎに、苦しみを希望にかえて、なぐさめの歌を奏《かな》でておくれ…」

するとクリスマスの木が応《こた》えるようにゆさゆさとゆれはじめ、最初につけた七色の玉の光が、黒や灰《はい》色の玉を包みこんでゆきます。包まれた玉は、しだいに透《とう》明《めい》な涙《なみだ》のような光に変わり、次の瞬《しゅん》間《かん》、全部の光がパパッ！と、まぶしくフラッシュしました。

ブレンドされながら舞《ま》いあがった光は、上空でグリーンの霧《きり》になり、またゆっくりおりてきて、クリスマスの木を、ふんわりとおおいます。

一時の静寂《せいじゃく》のあと、リラ、リラ…と透《す》き通った音が、聞こえてきました。

クリスマスの木に、クリスタルグリーンのベルのような花が次々と咲《さ》きはじめたのです。

ベルの花は、開くたびに、リラ、リリラ…と歌うように、美しい音色《ねいろ》を奏《かな》でます。

「ああ、なんてきれいな音…」

タロウは、うっとりと耳をかたむけました。透《す》き通ったやわらかな音色《ねいろ》は、胸《むね》にじんとしみこみ、だんだん心が温かくほぐれるようです。

グリーンサンタさんは、咲《さ》いたばかりのベルの花を一輪、タロウに持たせて言いました。

「これを、ハマさんにも届けてあげようね。きっとなぐさめになるよ」

「ありがとう、グリーンサンタさん。じゃあぼく、すぐに届《とど》けに行きます！」

張《は》り切って行きかけたタロウを、グリーンサンタさんが、引き止めました。

「グリーンベルは、そのままでは、うまく届《とど》けることができないんだよ」

「え……？」

「悲しみや苦しみで心を閉《と》ざしている人には、流れ星の粉でベルをとかしながら、音色《ねいろ》だけ、そっと心にしみこませるんだ。そうすれば、閉《と》ざした心を無理にこじ開けずに、プレゼントできるからね」

「そうなの……でも、流れ星の粉って、どこにあるの？」

「わしのソリでいっしょにおいで。星空で粉をもらったら、クリスマスの木を守ってくれたハマさんに、一番先に届《とど》けることにするからね」

「はい！」

喜んだタロウは、ベルをしっかり胸《むね》にかかえて、ソリに乗りこみました。

グリーンサンタさんのソリは、赤い服のサンタさんのようにトナカイが引くのではなく、樅《もみ》の木の枝《えだ》と葉を編《あ》んで作られた緑色の翼《つばさ》がついています。

妖精《ようせい》たちが年輪《ねんりん》を開くと、グリーンベルをぎっしり積んだソリは、切り株《かぶ》を一気にぬけて、満天《まんてん》の星空の中へ舞《ま》いあがりました。

樅《もみ》の木町の明かりは、たちまち遠く下になり、教会の鐘《かね》が、かすかに聞こえてきます。

と、そのときです。

ふと下を見たグリーンサンタさんが、ハッと何かに気づき、ソリを急降下《きゅうこうか》させました。

「わっ！」

思わずソリにしがみついたタロウに、グリーンサンタさんが、あわてた様子《ようす》で言います。

「タロウ、ハマさんが危《あぶ》ない！」

「えっ…？」

急接近《きゅうせっきん》したハマさんの家の２階に目をやったタロウは、ドキッとしました。

月明かりに照らされた窓辺《まどべ》に、ナイフをにぎったハマさんの姿《すがた》が見えたのです。

「大切な人がだれもいなくなってしまった…おれだけ生きてて何になるんだろう…もう音楽もうかばない…生きている意味がなくなっちまった…」

「ハマさん！　やめてっ！」

ガシャガシャーン！

夢中《むちゅう》でソリから飛びおり、窓《まど》ガラスをつき破《やぶ》ったタロウは、必死でナイフに飛びつきました。

リリリッ！　と激《はげ》しくなったグリーンベルとともに、タロウの身体《からだ》がはじかれるように、ゆかに転がります。

一瞬《いっしゅん》何が起こったかわからず、ぼう然としたハマさんは、そばにたおれているタロウに気づくと、おどろいてナイフをとり落としました。

「タロウ？…なんで、おまえここに…？　おい、タロウ…タロウ！　大丈夫《だいじょうぶ》かっ？」

ハマさんに抱《だ》き起こされたタロウの目が、ゆっくり開きました。

胸《むね》にかかえてきたグリーンベルが、ナイフを受け止め、タロウを守ってくれたのです。

「タロウ、よかった…おまえ、おれを助けてくれたんだね…？　ごめん、ごめんよ…こんな危《あぶ》ない思いさせて…」

ハマさんは、タロウをしっかりと抱《だ》きしめました。

「おれは大バカだ！　大切な人がだれもいなくなったなんて…おれのことを、こんなに心配してくれるタロウが、そばにいたのに…」

ハマさんの頬《ほお》を熱い涙《なみだ》が伝い、タロウの顔にポタ…ポタ…と落ちてきます。

ほっとして、ハマさんの顔を何度もなめたタロウは、そうだ…と思い出してゆかにおりると、転がったベルを拾いあげました。

「ハマさん、ぼく、これを届《とど》けようと…あ、あれっ？」

なんと、ナイフを受けたグリーンベルは、ヒビが入って、リ…リラ…と、風が混《ま》じったような音になってしまっているではありませんか…。

「どうしよう…ベルがこわれちゃった…ぼく、あのきれいなグリーンベルの音を、ハマさんに聞いてもらいたかったのに…」

がっかりして泣きそうになったタロウから、どれどれ？　と、ベルを受けとったハマさんが、耳元でふってみます。…と、次の瞬間《しゅんかん》、ハマさんの顔が、パッとかがやきました。

「これは…この音は…そうだ！　風がふいたとき樅《もみ》の木から聞こえていた、あの音色《ねいろ》だ！」

ハマさんは、タロウを横に座《すわ》らせると、何かに導《みちび》かれるように、静かにピアノをひきはじめました。

美しく温かなメロディーとハーモニーがしだいにふくらみ、やわらかな月の光を伝って、イブの空にやさしくこだまします。

「ああ、この曲……クリスマスの木に咲《さ》いたグリーンベルの歌みたいだ……」

うっとりと聞きほれたタロウは、ハマさんのピアノといっしょに歌いだした星たちのきらめきの中に、おじいさんや、ハマさんの息《むす》子《こ》さんたちの顔が、ほがらかにうかんだ気がしました。

ふと手を止めたハマさんが言います。

「なあタロウ、これからおれのところで暮《く》らさないか？　おまえさえよかったら、明日、家の人にたのんでみるよ」

「ほんと？」

タロウは、うれしさのあまり、ハマさんに飛びついて、顔をすりつけました。

「よかったね、タロウ…まあ、こんなベルの配達は、はじめてだったがね」

窓《まど》の外から一部始終《いちぶしじゅう》を見ていたグリーンサンタさんは、安心したように笑って、星空へと出発していきました。

夜がふけると雪が舞《ま》いはじめ、町が白いベールにおおわれてゆきます。

そして、また朝日が顔を出したクリスマスの朝。

夜通しピアノに向かっていたハマさんは、新しい曲を完成させました。

タイトルは『クリスマスのグリーンベル』。クリスマスの木に咲《さ》いたグリーンベルのように、喜びも悲しみも温かくブレンドされた、心ににじんとしみる美しい曲です。

いつか作りたいと、おじいさんに話していた、あの樅《もみ》の木の音《ね》色《いろ》の曲が、今生まれたのでした。

その日のうちに、ハマさんは、雑貨《ざっか》屋さんに、タロウを引き取りたいと申し出ました。

二つ返事で了承《りょうしょう》されたタロウは、今日からハマさんの大切な家族です。

タロウにとって、うれしいうれしい最高の

クリスマスプレゼントでした。

タロウは、うっすらと雪をかぶった樅《もみ》の木の切り株《かぶ》に、グリーンベルをそっと置いて言いました。

「ありがとう、グリーンサンタさん。ハマさんもぼくも、とってもステキなグリーンベルのプレゼントをもらったよ。おじいさんやハマさんの息子《むすこ》さんたちのぶんも、ぼくたち幸せでいるからね」

２階から、完成したばかりの『クリスマス

のグリーンベル』がやさしく聞こえてきます。

大好きなハマさんのピアノをバックに、元気に庭をかけまわるタロウ。

その喜びを祝福するように、リラン…と一つ鳴ったグリーンベルは、ヒビにとまったクリスマスの日の光に包まれ、やわらかなかがやきを放ちながら、ゆっくりととけてゆきました。


〈おわり〉

挿絵　西川知子

皆様のもとに
あたたかなクリスマスが
訪れますように…☆
山部京子

著者プロフィール

山部 京子（やまべ きょうこ）

主婦・児童文学作家。

1955年、宮城県仙台市生まれ。宮城学院高等学校卒業後、ヤマハ音楽教室幼児科＆ジュニア科講師を７年ほど勤める。結婚と同時に神奈川県横浜市へ。その後、石川県金沢市に移り現在に至る。

子どもの頃から犬や動物、音楽や読書が大好き。

1989年、少女小説でデビュー。きっかけは、結婚後共に暮らした愛犬ムサシの日記の一部を出版社に見せたことから。

日本児童文芸家協会会員。動物文学会会員。

■主な著書
『あこがれあいつに恋気分』〔ポプラ社〕（1989年）
『あしたもあいつに恋気分』〔ポプラ社〕（1991年）
『心のおくりもの』〔文芸社〕（2002年）
『わんわんムサシのおしゃべり日記』〔新風舎〕（2005年）
『夏色の幻想曲』〔新風舎〕（2007年）
『12の動物ものがたり』〔文芸社〕（2008年）
『わんわんムサシのおしゃべり日記』再出版〔文芸社〕（2008年）
『夏色の幻想曲』再出版〔文芸社〕（2009年）
『素敵な片想い』〔文芸社〕（2012年）

クリスマスのグリーンベル

2014年９月15日　初版第１刷発行
2015年１月25日　初版第２刷発行

著　者　山部 京子
発行者　瓜谷 綱延
発行所　株式会社文芸社
〒160-0022　東京都新宿区新宿１－10－１
電話　03-5369-3060（編集）
03-5369-2299（販売）

印刷所　広研印刷株式会社

ISBN978-4-286-15204-2